KB149266

시장으로 간다

김범모 지음

머리말

지난해 봄 퇴직 이후 새롭게 글을 쓰기 시작했다. 광화문 사거리에서 건널목을 건너려고 신호를 기다리는데, 지금 내가 처한 상황과 똑같다는 생각이 들면서 이 느낌을 글로 써 봐야겠다는 생각이 들었다. 이 느낌을 글로 쓴 것이 이후 시를 공부하고 계속해서 시를 쓰게 된 계기가 되었다.

지금 시를 쓰는 것은 일기를 쓰는 마음으로 내 생각과 느낌을 기록으로 남기는 것이다. 날마다 쓰는 것은 아니지만, 일상 가운데서 남기고 싶은 느낌을 받거나 세상 뉴스를 보면서 아련한 느낌이 들 때 글을 써오고 있다. 기록을 남기지 않았다면 그저 그렇게 지나가는 시간이 되었을 텐데 시의 형식을 빌려 글을 남기면서는 의미 있는 시간이 되고 있다.

그동안 쓴 글(시)들을 모아서 책으로 펴내는 것은 지금까지 수고한 나에게 주는 선물이다. 가족을 위한 경제활동은 열심히 했지만, 나에게는 제대로 된 선물을 줘본 적은 없었다. 이제는 나에 대해서 관심도 가지고 신경을 써 주기로 했다. 100점이 아닌 인생이어도 괜찮다. 무엇을 하든 최선을 다했는지가 중요하지 않을까? 아니면 내가 즐길 수 있는 길이라면 더욱 좋을 것이다.

어디 내놓기 부끄러웠던 글을 책으로 만들어준 시커뮤니케이션의 최지윤 대표에게 우선 고마움을 전한다. 그리고 글들을 모아 책을 낼 수 있도록 격려해준 아내 박서현, 아들 태환이와 지한이에게 "고맙다. 감사하다."라는 말을 전한다. 가족의 격려가 없었다면 지속해서 글을 쓰지 못했을 것이며, 책을 낼 생각은 하지 못했을 것이다. 지난해 지역에서 글쓰기와 시 쓰기 공부를 했는데 열정적으로 지도해주신 선생님들에게도 이 자리를 빌려 감사 인사를 드린다. 그리고 무엇보다도 지금의 내가 있을 수 있게 늘 함께하시며 지켜주시고, 울타리가 되어 주시고, 인도하여 주신 하나님께 감사드린다.

이 시대를 살아가는 모든 분이 창작자가 되었으면 좋겠다. 청년이든, 장년이든, 노년이든 나이와 관계없이 자기 생각을 정리하고 표현할 수 있게 되기를 기대해 본다.

2024년 4월 새봄과 새 출발을 준비하며

단윤(旦崙) 김 범 모

목차

시장으로 간다

김범모 지음

시커뮤니케이션

시장으로 간다

시장으로 간다.
오늘을 위해 오늘을 살아가는 곳으로 간다.

과일가게
야채가게
두부가게
칼국숫집
생선가게
정육점

저녁 식탁에 올릴 고기를 위해 줄을 선다.
“죄송합니다. 불고기는 다 떨어졌습니다.”
미처 사지 못한 사람들은 아쉬움을 남기고 발걸음을 돌린다.

2,500원 두부를 사기 위해 줄을 서서 기다린다.
오늘 저녁 찌개거리이다.

콩나물 1,000원어치를 산다.
내일 아침 국거리이다.

생계를 위해
팔기 위해 시장으로 간다.
가족들 먹거리를 위해 시장으로 간다.

오늘도
시장으로 간다.

김 장

소금에 빠진 배추
금방이라도 밭으로 달려갈 듯하더니
맥을 못 추고 있다.

무를 선두로 마늘, 양파, 생강, 대파, 배, 새우젓, 고춧가루
다국적군이 모여들었다.

마침내 배추에 불이 붙었다.
다 죽어가던 배추가 살아난다.

겨울 지나,
봄, 여름, 가을까지
우리 가족 전투식량이 되어 준다.

대 파

우리 동네 대파는 2,980원,

다른 동네 대파는 875원.

우리 동네 대파 장사 바가지인가 생각되지만,

왕복 교통비가 3천원도 넘으니 사러 갈 수가 없네.

월급은 안 오르고 물가만 오르니

오늘도 세일하는 마트 찾아 발품을 판다.

조용한 식탁

가족이 함께 저녁을 먹는다.

숟가락과 젓가락이 움직이는 것 이외에 소리가 없다.

나 혼자 밥을 먹는 것과 차이가 없다.

단지 한 명이 빠졌을 뿐인데

침묵의 식탁이다.

너무 적적한지

오늘 빠진 큰애를 대신하여

유튜브가 우리를 반긴다.

착 각

현관문을 열고 집에 들어가니
고소한 고기 굽는 냄새가 코를 자극한다.
오늘 저녁은 고기 반찬이 나오려나
생각만으로도 군침이 돌았다.

식탁에 나오니
나를 기다리는 것은
군밤이었다.

저녁을 먹었을까

저녁을 먹었지만 먹지 않았다.

일어나서 처음 먹는 식사가 아침이다.
자기 전에 먹는 식사가 저녁이다.
아침과 저녁 중간에 먹는 것은 점심 또는 간식이다.

먹을까 말까 생각 중이다.
지금 뭐를 먹으면 그게 저녁이다.

지금은 잠들기 전이다.

바 보

스마트폰이 없으면 전화를 걸 수가 없다.
전화번호를 기억하지 못한다.

내비게이션이 없으면 길을 찾을 수가 없다.
스스로 길치로 만들어 간다.

잠금장치 해제를 위해 생체 정보를 이용한다.
비밀번호를 잊어버렸다.

생활의 편리함이 바보로 만들어 버렸다.

걷는다

오늘도 걷는다.

만보를 걸었다.

40원이 들어왔다.

어제는 건강을 위해 걸었다.

오늘은 40원을 위해 걷는다.

내일도 짠테크에 도전한다.

남자의 거짓말

엄마가 밥을 먹으라고 불렀다.
친구들과 더 놀기 위해 배가 안 고프다고 말을 했다.

참고서를 사야 한다며 돈을 달라고 했다.
참고서 대신, 친구들과 놀러를 갔다.

여자친구와 헤어졌다.
아무렇지 않은 척 말을 했다.
그리고 소주만 마셨다.

면접을 봤다.
뭐든지 할 수 있다, 회사에 충성하겠다고 했다.
취직이 급하다.

회사에 일이 있어서 휴일 근무를 해야 한다고 했다.
친구들과 산에 갔다.

안색이 안 좋은지 별일 없냐고 물어온다.
별일 없다고 대답을 한다.
진급에 탈락했다.

명퇴를 당했다.
집에서는 걱정 말라며 큰 소리를 쳤다.
무엇을 하지
어디로 가야 하나.

하얗지도 검지도 않은 남자의 거짓말,
앞날이 캄캄하기만 하다.
내일은 좀 더 솔직하게 살고 싶다.

배우고 익히면

배우고 익히면 즐겁다고 하는데

나이 들어서인지 시험으로 평가를 받는 교육은 부담이다.
은퇴 당한 나에게 돈을 내고 배워야 하는 교육은 사치가 되었다.

오늘도 무료 강좌를 찾아 나선다.
시험도 평가도 없다. 가끔 숙제는 있지만
도서관의 무료 강좌는 무엇이 있는지
평생학습센터의 강좌는 무엇이 있는지
메뚜기처럼 이곳저곳을 기웃거린다.

그런데
배우고 익히면 생활에 도움이 될까?

입영 전날

첫째가 내일 군에 간다.

아들과 목욕탕을 간다.

목욕탕에 가본 지도 3년이 넘었다.

어느새 나보다 키도 크고, 덩치도 커졌다.

말없이 서로 등을 밀어준다.

목욕탕 창밖 하늘에는 먹구름이 가득하다.

비가 올 것인지

그냥 흐리기만 할 것인지

맑게 갠 하늘로 바뀔 것인지

아직은 모르겠다.

저도 그러겠지.

개운하게 때를 밀고 돌아온 밤

잠이 오지 않는다고 한다.

아들 방 창문 넘어 뒷산으로 달이 진다.

다시 만날 때까지 나도 잠을 잘 못 이룰 것 같다.

기다리는 즐거움

한 달에 며칠은
기다리는 즐거움이 있다.

밀물처럼 들어왔다가
썰물처럼 빠져나가지만
그래도 손꼽아 기다려지는 날이다.

정해진 날보다
하루나 이틀 먼저 만나기도 한다.
기쁨이 넘친다.

오늘은 기다리던 월급날이다.
우리 가족 한 달 살림 밑천이다.

한 달 동안 수고했다.
다음 달도 잘 부탁한다.

아직 연락을 기다리고 있습니다

사거리 횡단보도에서 신호가 바뀌기를 기다린다.

버스정류장에서 시내버스를 기다린다.

전철역에서 서울 가는 전철을 기다린다.

조만간 올 것이다.

집에서 전화 연락을 기다린다.

"서류전형 합격했습니다. 모월 모일 면접하러 오십시오."라는

연락을 기다린다.

6시가 지났는데 울리지 않는 휴대폰만 만지작거린다.

아직 연락을 받지 못했다.

연락을 기다려야겠지?

주인님을 기다리고 있습니다

주인님을 기다리고 있습니다.
나를 자유롭게 해 줄 주인님을 기다리고 있습니다.

나 혼자서는 어디도 갈 수 없습니다.
주인님과 함께라면 어디든 갈 수 있습니다.
서울도 가고, 제주도도 가고, 유럽도 가고
주인님과 함께라면 어디든 갈 수 있습니다.

주인님이 어디를 가시든지 편안하게 모실 수 있습니다.
아스팔트 길이나, 보도블록 길이나, 자갈밭 길이나,
울퉁불퉁 돌판 길도 주인님을 편안하게 해드릴 수 있습니다.

나는 신발입니다.
나를 자유롭게 해 줄 주인님을 기다리고 있습니다.

집이 있었다

아파트에도 가을이 왔다.

단지내 정원의 나무들도 겨울 준비를 한다.

하나 하나 옷을 벗고 있다.

누구 집이지?

언제부터 있었지?

나무가 옷을 벗으니 집이 있었다.

빈집인가 조용하다.

새들도 연휴라고 여행을 갔나 보다.

당신을 응원합니다

수능 30일
당신을 응원합니다

취업 준비를 위해 도서관으로 가는
당신을 응원합니다

결혼으로 둘이 하나가 되어
힘찬 새 출발을 시작하는
당신을 응원합니다

도약을 위해
새로운 직장으로 이직하는
당신을 응원합니다

은퇴하고
산티아고 순례길을 가는
당신을 응원합니다

인생 2막에 도전하는
당신을 응원합니다

어르신으로 만족하지 않고
새롭게 도전하는
당신을 응원합니다

힘들고 어렵겠지만
앞으로 나아가고 있는
여러분을 응원합니다

그럼 나는 누가 응원해 줄까

너의 길

누구나 1등을 할 수 있다.
모두가 1등을 할 수는 없다.

1등을 하면 좋다.
1등이 아니어도 괜찮다.

이 길이 아니라면
다른 길을 찾아보자.
돌아가도 괜찮다.

힘들면 쉬어 가자.
하루쯤 늦어도 괜찮다.

포기하지 말자.
끝까지 완주하자.

너의 길을 가거라.

수능시험

완벽하지 않아도 괜찮아
너는 너일뿐이야

조금 부족해도 괜찮아
너는 너일뿐이야

실수해도 괜찮아
너는 너일뿐이야

멈추지 않고
마지막까지 완주한
너를 응원해

수고했다.
사랑한다.

오 늘

늘 함께하는 줄 알았다.
언제나 내 곁에 있었다.

태풍도 올라오고 있다고 미리 경고하는데
소리 소문 없이 떠나가 버렸다.
'어제'라는 이름만 남겨 놓았다.

다시 '오늘'이 시작되었다.
스쳐가는 인연처럼
잠시 머물다 떠나갈 것이다.

그리고 잊혀지겠지.

11월 30일

한 장 남은 달력을 바라보며
남은 시간을 정리한다.

살아갈 날보다
살아온 시간이 많아진다.

희망보다는
회상만 늘어 간다.

추위만큼이나
시간이 매섭다.

달 력

달력을 바꾸었다.

낡은 것을 새것으로 바꾸듯이 달력을 바꾸었다.

하루가 지났을 뿐인데 새해가 되었다.

모든 것이 리셋되었다.

1부터 다시 시작한다.

직장에서도

집에서도

처음인 것처럼 계획을 세운다.

나이도 리셋할 수 있다면

몸도 리셋할 수 있다면

얼마나 좋을까?

시간, 리셋이 되지 않는다.

추억으로 남을 뿐이다.

1월의 선물

자고 일어나니 새벽 배송으로 배달이 왔다.
주문하지도 않았는데 배달이 왔다.

사용하고 싶지 않다.
수취인 불명으로 돌려보내고 싶다.
반품이 안된다.
돌려보낼 곳도 없다.

당근에 내놓을 수도 없다.
재활용도 안되고
일반 쓰레기로 버릴 수도 없다.

나이 한 살
배달이 왔다.

바람이 불어온다

바람이 불어온다.

한겨울 삭풍을 몰아낼 바람이 불어온다.

바람이 불어온다.

얼어붙은 동토에 생기를 불어 줄 바람이 불어온다.

바람이 불어온다.

겨울 한철 맨몸으로 버티 턴 친구들에게 옷을 입혀줄 바람이 불어온다.

바람이 불어온다.

생명의 중매쟁이를 불러다 줄 바람이 불어온다.

바람이 불어온다.

희망의 불씨를 안고 봄바람이 불어온다.

겨울 나무

옷을 벗었다.

화려한 옷을 벗었다.

벌거숭이가 되었다.

바람이 불어온다.

시베리아에서 삭풍이 불어온다.

친구들도 떠났다.

오로지 혼자 견뎌내야 한다.

천사들이 내려온다.

잠시나마 북풍을 막아 준다.

이 겨울을 건너면

더 강인해지고

더 찬란한 모습으로

친구들을 만날 수 있겠지.

사라지는 것들

낡은 흑백사진을 컬러사진으로 바꾸었다.
고향 집 옛 동네가 살아났다.

감나무도 살아나고
놀이터 같은 마당도 살아났다.
개구쟁이 친구들도 돌아왔다.
오십 년 전으로 돌아간다.

마당이 없다.
감나무도 사라졌다.
동네 개구쟁이들도 없다.
고향 집도
사람들도
도시로 도시로 흩어졌다.

낡은 흑백사진 속
추억의 그림자만 흐릿하게 남았다.

느린 하루

느리게 시작해도 된다.

나무늘보처럼 늦잠을 자도 된다.

아침과 점심 중 하나는 걸러도 된다.

여유롭게 하루를 시작한다.

산책을 한다.

느리게 느리게 걷는다.

마음도 느려진다.

무엇을 하지 않아도 괜찮다.

하루쯤 쉬어가도 괜찮다.

수고했다. 몸에 쉼을 준다.

고생했다. 마음에게 휴식을 준다.

오늘은 일요일

내일은 공휴일이다.

겨울 바다

바닷가에 섰다.

다 비워진 밥솥처럼 텅 빈 백사장
밥풀 같은 작은 파도만 일렁인다.

채웠다가 비우는 것이 밥솥의 운명인 것처럼
겨울 바닷가에는 모두가 떠나고 아무도 없다.

한바탕 놀아줄 여름을 기다리며
작은 파도가 맑게 청소를 한다.

어떻게

인생은

어떻게 살아야 하는가

누구는 최선을 다하라고 한다

누구는 치열하게 살아가라고 한다

누구는 무언가를 이루라고 한다

누구는 무엇이든 해내는 사람이 되라고 한다

누구는 후회하지 않을 삶을 살라고 한다

누구는 사랑을 나누는 삶을 살라고 한다

누구는 나만의 가치를 찾으라고 한다

누구는 주위와 소통하며 살아가라고 한다

나는 … 그냥 나이고 싶은데.

헤어질 결심

틀리면 어떤가
자신 있게 말하자
생각이 다를 뿐일 걸

조금 늦으면 어떤가
빨리 가려고 하지 말자
여유롭게 주위를 돌아보며 가자

아프면
아프다고 말하자
강철 로봇도 아닌데

익숙하다고 좋은 것도 아닌데
편리함 뒤에 숨지 말고
나를 표현하며 살아가자

길

길이 있었습니다.
길을 따라 갔습니다.

누구도 가보지 않은
길을 만들기로 했습니다.

가로 막는 나무도 치워야 하고
돌과 바위도 들어내야 했습니다.
끝은 알 수 없습니다.
그래도 앞으로 나아가기로 했습니다.

뒤에 올 누군가에게
이정표가 되어 줄 것입니다.

우물 안 개구리

우물 안에 사는 개구리는
우물 밖 세상을 모른다.

보지 않고
듣지 않고
알려고 하지 않기에
우물 밖 세상을 모른다.

넓고 넓은 세상에
보고 싶은 것만 보고, 보기 싫은 것은 없는 것처럼 대한다.
듣고 싶은 것만 듣고, 듣기 싫은 것은 안 들은 척한다.
마음에 들지 않으면 외면하고 무시한다.

그럼 나는 우물 안 개구리인가?

지름길

지름길이 있으면 좋겠다.

교통 정체를 만났는데, 지름길을 만나면 기분이 좋다.
멀리 가야 하는데 지름길을 발견하면 기분이 좋다.

공부에 지름길이 있다면 얼마나 좋을까
직장 일도 지름길이 있으면 효율적일 텐데
승진도 지름길이 있다면 매우 좋겠지

내 인생에 지름길을 준다면 어떡해야 할까?

내 삶의 여정은 지름길이 아니라, 멀리 돌아가고 싶다.
가끔은 산도 보고, 바다도 보고, 쉬어 가면서 목적지에 여유
있게 가고 싶다.

정 체

길이 막힌다
늘 비슷한 시간에 가던 길인데 오늘따라 유난히 막힌다

어디서 교통사고라도 났나
걱정을 해보지만 소용이 없다

학교 가는 등굣길에
회사 가는 출근길에
거래처 납품 가는 길에

꽉 막힌 길처럼 마음도 답답하다

입동(立冬)

겨울 시작이라 추운지
대학입시가 코앞이어서 추운지
11월 이맘때 어김없이 입시 한파가 찾아왔다.

몇 년을 준비한 수험생들의
초조함과 불안이 만나
한랭전선을 만들었나 보다.

몸이야 부지런히 겨울옷으로 바꿔 입으면 되지만
남극 같은 마음은 무엇으로 덥혀줄까

기다림

삶은 기다림이다.

엄마로부터 독립하기 위해 열 달을 기다려야 한다.

어른이 되어 가는 것도 기다림이다.

하루하루 성장하며 준비해야 한다.

대학입시 후 결과를 기다리고

취업시험 후 결과를 기다리고

배우자를 기다리고

또 다른 나를 기다린다.

기다림은 설렘이다.

기다리는 시간은 때론 초조하지만 즐겁다.

기다림을 즐기자.

기다릴 것이 있다는 것은 아직 희망이 있다는 것이다.

내일은 무엇을 기다릴까?

눈 물

티끌은 모으면 태산이 되고
실도랑은 모여서 대동강이 되고
낙숫물은 모여 댓돌을 뚫는다는데

내 눈물은 모여 무엇이 될까

비

비가 왔다.

비가 온다.

7시 35분에 안전 안내 문자가 왔다.

7시 30분부터 전 지역에 집중호우가 예상되오니 피해가 발생하지 않도록 안전에 유의하라고 한다.

고3 아들은 자체 휴강이다.

나도 이렇게 비가 많이 오는 날은 운전하는 것이 싫다.

가뭄에 신음하던 전남은 하룻밤 사이에 물바다가 되었다고 한다.

광주는 아직 가뭄 해소에는 미진한 모양이다. '워터밤 광주' 행사를 취소했다고 한다.

비는 올 것이다.

비는 또 오지 않을 것이다.

할 수 있을 때 해야 한다.
완벽한 준비는 어렵겠지만 대비는 해야 한다.

세상 살아가는 것에도
준비가 필요하다.

그동안 얼마나 준비했는지,
무엇을 준비했는지,
지금부터 결실이 기다린다.

신호등에서

빨간불이다.

파란불로 바뀔 때까지 기다려야 한다.

그래야 안전하게 앞으로 갈 수 있다.

지금 내 앞 신호등도 빨간불이다.

실직이다.

일단 멈춤이다.

그동안 수고 많이 했다.

쉬어야 한다.

얼마나 쉬어야 할까?

아직 가야 할 길이 남아 있다.

하고 싶은 것도 많다.

그냥 쉬기에는 준비도 부족하다.

마냥 서서 기다릴 수는 없다.

무시하고 갈까?

가고 싶어도 갈 수가 없다.

엔진도 정지했다.

잠시 쉬어 가자.

연료도 충전하고, 정비도 하고, 보충도 하자.

가을 그리고

이제 두 장 남았다.
11월과 12월 두 달 남았다.

쌀쌀맞은 무채색으로 시작해서
싱긋하고 푸릇푸릇 한 초록과 연분홍을 지나
활기차고 뜨거운 노랑과 파랑의 바다를 건너
화려한 단풍의 계절이 되었다.

다가올 순백의 시간은
청량함일까?
쓸쓸함일까?

골목길

골목길이 사라졌다.

어린이들이 사라졌다.

구슬치기가 사라졌다.

비석 치기가 사라졌다.

땅따먹기가 사라졌다.

술래잡기와 다방구도 사라졌다.

오징어 게임도 사라졌다.

주차장만이 남아 있다.

자동차랑 구슬치기라도 해야 겠다.

남편과 아내

고맙다.

미안하다.

사랑한다.

굳이 말하지 않아도 이해하리라 생각했다는 남편

말하지 않는데 어떻게 알 수 있느냐고 항변하는 아내

기찻길 철로처럼 둘은 그렇게 달리고 또 달렸다.

독립과 외로움 사이

나 혼자만 쓸 수 있는 사무실이 생겼다.

사무실 배치도 내 마음대로

전화 통화도 눈치 볼 필요가 없다.

때로는 차분한 음악이

때로는 신나는 음악이 나를 반긴다.

눈치 보지 않고 잠시 낮잠도 청할 수 있다.

독립한지 두 달이 지나지 않아 내 공간에는 오직 나만이 남았다.

동료도 상사도 후배도 없다.

가끔은 동료들과 토론도 하고,

가끔은 쉬어가는 잡담도 필요한데.

아프리카 초원에

무리에서 떨어진 외톨이처럼

나 홀로 남았다.

배우면 나아질까

글쓰기를 배우기로 했다.
직장 생활을 하면서 글을 많이 썼었다.
짧으면 1페이지, 길면 3페이지 이내의 분석 보고서들을 주로 썼었다.
글은 썼는데, 글을 쓰지는 못했다.

글쓰기를 배우기로 했다.
어려운 전문 도서가 아니라 나를 정리하는 글쓰기가 하고 싶다.
시, 수필, 에세이를 쓰고 싶다.
누구나 시인이 되는 것은 아니지만, 내 마음의 글을 쓰고 싶다.

글쓰기를 시작하니 형용사나 부사 찾기가 쉽지 않다.
무미건조한 보고서에서
살아 숨 쉬는 에세이로 넘어가기가 쉽지 않다.
글쓰기를 배우기로 했다.

3분이면

컵라면도 3분이면 되는데
내 글쓰기는 3분으로는 어림도 없다.

투자도 3분만 시간내면 된다는데
내 글쓰기는 3분으로는 어림도 없다.

하루 3분이면 삶이 변한다는데
글쓰기는 아직도 어렵다.

카톡

10분이 지났다.

1이 사라지지 않는다.

뭐 하지?

일하나?

바쁜가?

1시간이 지났다.

전화를 할까

기다려야 하나

……

1이 사라지지 않는다.

늦은 밤

잘 자라는 인사와 함께 카톡 창을 닫았다.

핸드폰이 손에서 떠나지 않는다.
자동문이 열리고 닫히듯
카톡창만 열었다 닫았다를 반복한다.

전화를 할까?
고장 난 자동문처럼
전화앱이 열렸다 닫혔다를 반복한다.

홈 화면에서
나를 보고 웃고 있다.

동전이 있다

마침 동전이 있다.
공중전화로 달려간다.
전화를 받지 않는다.

마침 동전이 있다.
버스비를 냈다.

마침 동전이 있다.
다시 공중전화를 찾는다.
그녀가 전화를 받았다.

마침 동전이 있다.
마침 그녀의 집 앞이다.
환하게 웃는 그녀와 자판기 커피를 마셨다.

기다려지는 친구

기다려지는 친구가 있다.
그 친구만 오면 하루가 즐거워진다.

일이 바빠도 괜찮다.
거래처의 어두운 그림자도 무섭지 않다.
상사의 잔소리도 흥겨운 노래 같다.

나를 기다려 주는 친구가 있다.
무엇을 할지
어디를 갈지
설렘이다.

기다리던 금요일이 왔다.

반갑지 않은 친구

매주 한 번씩 찾아온다.
오늘도 어김없이 왔다.

학창 시절부터 오더니
오십이 넘은 지금도 찾아온다.
이제 그만 올 때도 된 것 같은데.

나에게만 찾아오는 것도 아니다.
아들 녀석이 아침에 징징거린다.
나랑 비슷한 증상이다.

우리 집만 그런 것도 아니다.
출근길 라디오에서 비슷한 증상의 사연이 나온다.
대부분 찾아온다고 힘내라고 한다.

월요일이다.
빨리 지나가거라.

핸드폰

바쁘디 바쁜 아침 출근길
친구를 잃어버렸다.

어디서 잃어버렸는지
집에서 같이 나오기는 했는지
도무지 생각이 나지 않는다.

허전한 하루가 시작되었다.
초조함을 지나 불안함이 건너 간다.
마음을 비우니 여유로움이 찾아온다.

초조한 퇴근길이 시작되었다.
집에도 친구는 없다.

다시 전화를 한다.
다행히 친구 소식이 기다린다.
아침 출근길 전철역 앞에서 주워서 보관 중이라고 한다.

부러우면 지는 거다

퇴직을 앞둔 친구가 차를 바꾸었다.

마지막이라고 생각하고 수입 외제차로 바꾸었다고 한다.

이제는 아내와 여행도 다니며 즐기며 살겠다고 한다.

나는

조기 퇴직을 당했다.

첫째는 아직 대학 재학 중이다.

둘째는 고 3, 대학 입시를 준비 중이다.

속으로는 부러웠다.

겉으로는 잘했다고, 즐겁게 즐기며 살라고 말해 주었다.

친구 1

2, 3, 5, 7, 11, 13, 17, 19, 23, 29, 31 ...

친구가 "1" 밖에는 없다.

함께 있으면 외롭지 않다.

2의 친구는 3이고

3의 친구는 5이고

5의 친구는 7이다.

혼자 있으면 친구가 없다.

함께 있으면 친구가 된다.

친구 2

1시간 20분
벗을 만나기 위해 버스를 타고,
전철을 타고,
다시 전철을 갈아타고,
또 전철을 갈아 탄다.

함께 맛있는 식사를 하는 것도
멋진 카페에서 차 한잔을 나누는 것도
서로 살아가는 이야기며
고민을 나누는 것
모두가 즐겁다.

공자는 벗이 멀리서 찾아오면 즐겁다고 하였는데
나는 벗으로서 멀리 있는 친구를 찾아간다.
찾아오는 친구만 즐거운 것이 아니라
친구를 찾아가는 길도 즐겁다.
다시 집으로 돌아오는 길 또한 다음을 기약하면 더 즐겁다.

친구 3

언제 만나도 좋은 친구이다.

하루 쯤 게을러도 괜찮다.

아무것도 하지 않아도 괜찮다.

말없이 옆에서 지켜준다.

부산스러운 하루도 괜찮다.

격렬한 운동도 괜찮다.

늦은 시간까지 있어도 괜찮다.

조용히 기다려 준다.

토요일이 기다려 진다.

가을

지난 봄 씨를 뿌리고,
아직 추수하기에는 이른데
벌써 가을이라고 한다.
여름이 짧아졌나?

가을 지나면 바로 겨울이다.
따스한 햇볕드는 툇마루에서
지난 여름 고단했던 나에게 쉼을 주려 했는데
벌써 겨울이 오고 있다.

풍성한 겨울나기를 위해 밭으로 나가야 하는데
누가 수확했는지 텅 빈 밭만 남아 있다.

겨울나기 준비를 아직 시작도 못했는데
가을이 벌써 저물어 가려 한다.

남으로 남으로 겨울밤을 피해 이사라도 가야 하나

수 박

호랑이의 줄무늬처럼 초록색 바탕에 검은 줄무늬
맛있는 수박일수록 호랑이 줄무늬는 선명하다.

포효하는 소리가 우렁찰수록 용맹한 호랑이가 되듯이
수박도 씩씩하게 울어야 속이 더욱 붉어진다.

색깔은 겉과 속이 다르지만
한여름 우리에게 시원함을 가져다준다.

그런데, 사람은 어떨까?

길

마을을 남과 북으로 가르며
철길이 들어 왔다.
어제는 가족처럼 함께 했는데,
오늘은 남이 되어 버렸다.

한반도,
철길이 놓인 듯 남과 북으로 나뉘었다.
건널 길을 찾아 헤매는 중이다.

바람은 살며시 건너가고
새들은 자유롭게 하늘을 날아간다.
노루는 서러운 이방인처럼 머물고 있다.

길은 열려야 한다.
윗동네와 아랫동네, 끝에서 끝으로
자유롭게 오고 갈 수 있게 길을 열어야만 한다.

안전거리

운전 중 갑자기 급정거하였다.
앞차와의 안전거리를 충분히 유지하지 않았다.
적절한 안전거리는 사고 예방에 필수인데
무슨 생각을 한 것이지

사람과 사람 사이에도 치고 들어가서는 안되는 안전거리가 있다.
국가와 국가 간에도 넘어서는 안되는 선이 있다.
이스라엘에는 팔레스타인과의 안전거리 유지를 위한 분리 장벽이 있다.

이스라엘과 하마스 간에 갑작스럽게 전쟁이 시작되었다.
어린이, 여성, 노인 등 민간인들의 피해가 매우 크다고 한다.
병원에도 폭탄이 떨어졌다고 한다.

안전거리 유지가 안되고 있다.
전쟁을 방지할 수 있는 안전거리가 필요하다.

전쟁 중에도 지켜야 할 안전거리가 있다.

이스라엘에서는 안전거리가 아니라,
분리 장벽이 문제였던 것은 아닐까?

장마가 끝났습니다

해마다 오던 장마가 올해에도 왔습니다.
전에 오던 장마가 아닙니다.
장마가 변하기 시작했습니다.

흉포한 장맛비가 왔습니다.
갑작스레 내린 큰비가 친구들을 데려갔습니다.
출퇴근길 친구도 데려가고,
들일 할 때 함께 하던 친구도 데려가고,
밤이면 함께 하던 쉼터 같은 친구도 데려갔습니다.

반갑지도 않은데 호우와 폭염이 옆집 친구처럼 매일 옵니다.

어디가 아파서 열이 나는지 하염없이 눈물만 흘리고 있습니다.
장마는 끝났는데 아직도 아프다고 합니다.

60 넘어 90 까지

60이면 정년이라고 그만 두라 하네
인생은 90 넘어 100을 향해 가는데

남은 시간 무엇으로 살아갈까
앞은 캄캄하고
나라에 손만 벌리게 하네

이제라도 준비해서
걱정 없이 살아보자

난로가 사라졌다

국민학교 교실을 따뜻하게 데워주던 난로가 사라졌다.

주전자도 올려놓고
도시락도 올려놓던 난로가 사라졌다.

교실 안 따뜻함이 사라지고,
찬바람만이 남았다.
성적표만이 소중한 존재가 되었다.

얼어붙은 남북관계처럼
선생님과 학생들도 냉랭하다.

교실 안에 다시 난로를 들여놔야 할까?

걸어 다녀야 하나

서울 택시요금이 올랐다.

시내버스와 지하철만 타야겠다.

시내버스 요금이 올랐다.

가급적 마을버스와 지하철을 환승하자.

지하철 요금도 올랐다.

이젠 걸어 다녀야 하나?

시.럽.급여

실업급여가 입금되었다.
통장이 텅장을 면했다.

이번 달 카드값 걱정을 덜었다.
아파트 관리비 걱정도 덜었다.
통신요금도 낼 수 있다.

일자리를 찾는다.
워크넷, 잡아바 어디에도 마땅한 일자리가 없다.
50이 넘었다고 불러 주는 곳도 없다.
경력은 포기하고, 신입을 찾아야 하나 ?

둘째 학원비가 걱정이다.
이번 달은 지나갈텐테 다음 달이 걱정이다.
대학 입시가 얼마 남지 않았다.
대출이라도 알아봐야 겠다.

그는 남의 편이었습니다

20대의 그는 공동체를 위해 분주했습니다.
그의 여자친구가 되었습니다.

30대의 그는 회사를 위해 분주했습니다.
그의 아내가 되었습니다.

40대의 그는 여전히 회사를 위해 분주했습니다.
아이들의 엄마가 되었습니다.

50대의 그는 회사로부터 자유계약선수가 되었습니다.

그는 언제나 남의 편이었는데,
이제 그의 편을 들어주는 곳은 없습니다.

그는 거기에 없었다

광주에 그녀가 있었다.

서울에 그녀가 있었다.

광화문에 그녀가 있었다.

안산에, 진도에 그녀가 있었다.

촛불잔치에 그녀가 있었다.

골목길에 그녀가 있었다.

그녀는 광장으로 다시 나간다.

그는 여전히 거기에 없다.

아무도 책임지지 않았다

초승달이 떴다.
섬뜩하게 시퍼런 초승달이 떴다.

그 밤 하늘에는 별들이 사라졌다.
그 밤 거리에는 꽃들이 사라졌다.

그 밤
우리 곁을 떠나간
별들은,
꽃들은 다시는 돌아오지 않았다.

누가 데려갔는지,
어떻게 데려갔는지,
아무도 모른다.

그 밤
그 거리에서

꽃들이,

별들이 사라졌다.

그리고 아무도 책임지지 않았다.

정명(正名)

불의를 불의라 하고
정의를 정의라 하는 것이다.
불의한데 정의라 하면 안 되고
정의인데 불의라 하면 안 되는 것이다.

대통령은 대통령다워야 하고
국회의원은 국회의원다워야 하며
장관은 장관다워야 한다.

검사는 검사다워야 하고
판사는 판사다워야 하며
공무원은 공무원다워야 한다.

직분에 맞게 일해야 직분에 맞는 이름을 불러줄 수 있는 것이다.

눈이 녹으면

지난밤 새하얀 눈이 내려왔다.

지붕 위에
마당에
도로에
온 세상이
백색의 도화지가 되었다.

눈이 녹으면
희망의 새싹이 돋아날 것이다

눈이 녹으면 2

지난밤 새하얀 눈이 내려왔다.

용산에도
여의도에도
새하얀 눈이 내렸다.

공정도
상식도
원칙도
부끄러움도 모두 사라졌다.

눈이 녹으면
어두움에 가려있던
시꺼먼 진흙탕이 드러나겠지?

사과를 기다리며 1

사과를 기다리고 있습니다.
가을 수확철이 지났습니다.
겨울이 다 지나가고 있습니다.
내일모레면 설 명절입니다.
사과를 받으면 그나마 즐거운 설 명절이 될 것 같습니다.

아직 받지 못했습니다.
사과를 기다려 보겠습니다.

#사과 #용산 #가방

사과를 기다리며 2

기다리던 사과를 받지 못했습니다.

사과 대신 보내줄만한 감조차 받지 못했습니다.

설 명절이라며 기다린 내가 바보였습니다.

그는 더 이상 나를 사랑하지 않나 봅니다.

이번 설 명절 차례상에는 노가리를 올려야겠습니다.

#사과 #유감 #아쉽다 #노가리

지하철에서

누군가는 스마트폰과 논다.
영상을 보기도 하고
게임을 하기도 하고
SNS를 하기도 하고
공부를 하기도 한다.

누군가는 잠을 잔다.
누군가는 눈을 감고 휴식을 취한다.

누군가는 옆사람, 앞사람과 수다를 떤다.
누군가는 혼자서 떠들고 있다.
전화 통화중이다.

누군가는 책을 본다.

나는 지하철에서
사람들을 본다.

묘비명

그가 여기에 잠들었다.
청년의 열정은 그를 휘감았다.
중년의 원숙함은 그를 놓아 주었다.
노년의 평온함은 그를 이끌었다.

그는 실수도 많이 했다.
그러나 그의 열정을 기억할 것이다.

그는 도전하지 않았다.
그러나 그의 성취를 기억할 것이다.

그는 안주하지 않았다.
그는 배우는 것을 좋아했다.

그는 방법을 찾았다.
그는 희망을 주기를 원했다.
그는 우리들 마음속에 영원할 것이다.

한가할 어느 날

꿈은 이루어 진다.

조기 은퇴에 성공하였다.

한가한 날들이 기다리고 있다.

고3 학교까지 차로 등교를 시켜준다.

저녁 하교시간도 학교 앞에서 기다린다.

아들이 좋아한다. 아들은 게을러 졌다.

아내의 운전기사가 되었다.

아내의 나들이 길이 한결 여유로워 졌다.

시장도 가고, 마트도 가고, 심부름도 간다.

아내의 나들이도 길어지고 있다.

아파트 창밖으로 보이는 푸른 산을 안고 싶다.

다정한 음악과 푸근한 커피 한잔과 데이트를 하고 싶다.

한가한 어느 날 오후 소파에 누워 낮잠을 부르고 싶다.

꿈은 이루어 진 것 일까?

도서관에서

레이더로 전 방향 탐색을 실시한다.
다행히 아직 나타나지 않았다.

망원경으로 입구를 주시한다.
그가 들어왔다.

건너편으로 자리를 옮긴다.
현미경을 관찰하듯이
아래를 한번 보고
앞을 한번 본다.

아래, 앞, 아래, 앞
반복이다.
아래를 보는 시간이 점점 줄어든다.

책은 안 보이고
그의 얼굴만 보인다.

토요일 오후

하루쯤 게을러도 되는 날이다.

아침 일찍 아내가 집을 나선다.
같이 아침을 먹고 설거지를 한다.

느지막이 일어날 아이들을 위해 점심 준비를 한다.
역시나 늦잠이다.

나는 점심을, 아이들은 아점을 먹는다.
뒷일을 맡기고 집을 나선다.

도서관에 간다.
도서관 마당에서 축제가 열린다.
음악과 사람들 떠드는 소리가 나를 부른다.
오늘도 도서관에 오래 있기는 틀렸다.
하루쯤 게을러 보자.

도서관

그곳에 가면 친구가 있다

기쁠 때 찾아가도
힘들 때 찾아가도
외로울 때 찾아가도
언제든지 반갑게 반겨 준다

나 혼자 있어도 좋다
친구랑 같이 가도 좋다
아무것도 하지 않아도 좋다
언제나 나를 편안하게 해준다

나도 누군가에게 편안한 친구가 되고 싶다

도서관으로 출근합니다

아직 정년이 되려면 몇 년 남았다.

아이들이 학교를 마치고, 독립하려면 몇 년 더 남았다.

회사에서 이제 그만 쉬라고 한다.

출근시간 만원 전철에 시달리지 않아도 된다.

더 이상 이사님에게 실적을 보고할 필요도 없다.

MZ 눈치 보며 부서 분위기 잡을 필요도 없다.

거래처 과장님에게 아부 떨며 접대할 필요도 없다.

밤늦게 전철을 타기 위해 지친 몸으로 뛰어야 할 필요도 없다.

해방이다.

아내가 출근을 한다.

아이들은 학교를 간다.

아침 설거지를 하고, 청소를 하고, 빨래를 한다.

… … …

어, 이게 아닌데.

출근을 해야겠다.
내가 먼저 해야겠다.
어디로 가지?

도서관으로 가자.
노트북을 들고 도서관으로 간다.
종이 신문을 본다.
책을 찾는다.
소설도, 시도, 읽을거리가 넘친다.

내가 먼저 출근이다.
도서관으로 출 근 합 니 다.

아내가 공부를 시작했다

아내가 책을 보고 있다.
나는 TV를 본다.

아내가 공부 모임에 나간다.
나는 스마트폰을 붙들고 있다.

아내가 대학원 진학을 하고 싶다고 한다.
그러라고 한다.

아내가 공부를 시작했다.
나는 … …

도서관으로 출근해야겠다.

친 구

나를 기다리는 친구가 있다.
한번 만나면 사나흘은 계속 만난다.
어떤 때는 1주일이상 매일 만나기도 한다.

어떤 날은 친구를 만나지 못하기도 한다.
어떤 날은 다른 친구를 만나느라 기다리는 친구를 잊어버리기도 한다.

친구가 좋다.
친구는 나를 설레게 한다.
오늘은 무슨 이야기를 들려 줄까 ?
오늘은 어떤 새로운 정보를 알려 줄까 ?

나는 오늘도 친구를 찾아 도서관으로 간다.

나는 연약합니다

나는 연약합니다.
바람 불면 넘어지고
비가 오면 휩쓸려 가고
눈이 오면 파묻히는
나는 연약합니다.

그런 나를
태풍이 불어와도
집중 호우가 와도
폭설이 내려도
한결같이 지켜주셨습니다.

그때는 몰랐습니다.
왜 무너지지 않았는지.

어제도 오늘도 늘 함께 하시는 예수님
그 사랑을 이제야 알았습니다.
오직 그 분만을 바라보며 내일로 나아갑니다.

뒤늦은 후회

당장의 배고픔을 면하려고
떡과 팥죽을 받고 장자의 명분을 팔았다.
그런데 판 것은 장자의 명분이 아니라 아버지의 축복이었다.

눈앞의 안락만을 쫓다가
40일이면 충분할 광야 길이 40년이 되었다.

소돔에 두고 온 것이 아쉬워 뒤돌아 보다가
소금 기둥이 되었다.

지켜야 할 것은 지키고
버려야 할 것은 버려야 한다.

지켜야 할 것을 버리고
버려야 할 것을 지키면
뒤늦은 후회만 남으리.

소 망

사랑하는 이들과 함께 하는 즐거움을
계속 누릴 수 있기를 소망한다.

헤어지더라도 다시 만날 그날을
즐겁게 기다릴 수 있기를 소망한다.

누구나 가야 하는 길
기쁘게 떠날 수 있기를 소망한다.

주님의 품 안에서
다시 만날 그날을 고대하며
즐겁게 떠날 수 있기를 소망한다.

사 랑

아무 말도 없이
슬며시 오른손 잡아 주시네

이끌지 않고
가는 길 동행해 주시네

행여 바람에 날아갈까
바람막이 되어 주시네

갑작스러운 비바람에 젖을까
우산이 되어 주시네

행여나 부족할까
때에 맞춰 채워주시네

난 드릴 것이 아무것도 없는데
모든 것을 나에게 주시네

시장으로 간다

2024년 4월 22일 1판 1쇄 발행

지은이 김범모
펴낸이 최지윤
펴낸곳 시커뮤니케이션
www.seenstory.co.kr
www.facebook.com/seeseesay
seenstory@naver.com
등록 제 2022-000009호
서점관리 하늘유통

ISBN 979-11-92521-44-2